中文大作戰
修辭篇

商務印書館

中文大作戰——修辭篇

主　　編：商務印書館編輯部

責任編輯：馮孟琦　洪子平

封面設計：楊愛文

出　　版：商務印書館（香港）有限公司
　　　　　香港筲箕灣耀興道 3 號東滙廣場 8 樓
　　　　　http://www.commercialpress.com.hk

發　　行：香港聯合書刊物流有限公司
　　　　　香港新界大埔汀麗路 36 號中華商務印刷大廈 3 字樓

印　　刷：中華商務彩色印刷有限公司
　　　　　香港新界大埔汀麗路 36 號中華商務印刷大廈 14 字樓

版　　次：2017 年 4 月第 1 版第 2 次印刷
　　　　　© 2015 商務印書館（香港）有限公司

　　　　　ISBN 978 962 07 0376 8
　　　　　Printed in Hong Kong

目錄

人物介紹

小宇

年齡：11歲

身份：高小學生

性格：活潑好動，勤奮好學

興趣：閱讀、運動

任務：接受考查修辭運用能力的挑戰，攻克各個修辭關卡！

比喻、擬人

來到修辭小天地，小宇首先面對的是兩種最常見，也是小學生最常用到的修辭法：比喻和擬人。

不過，最常用的，並不代表用得最好啊！

考一考你，你知道怎樣才是一個好的比喻句嗎？你懂得區分明喻、暗喻嗎？擬人看起來很簡單，有幾種用法呢？平日作文時，甚麼時候該用比喻？甚麼時候該用擬人？比喻和擬人有甚麼區別呢？

對於這些問題，小宇感到非常迷惑啊，你又怎樣呢？

下面的 1 至 6 關，小宇的任務就是解答這些問題！請擦亮眼睛，跟小宇一起攻克「比喻擬人關」！

第 1 關

過關斬將

這些句子用了比喻手法嗎？有的請加 √。

1. 老師可以指引我們前進的方向。

2. 媽媽美麗得像一朵花。

3. 爺爺臉上的皺紋多得像蜘蛛網一樣。

4. 湖面平靜得像一面鏡子。

5. 椰子樹葉長得又綠又大。

6. 天上的雲彩很美，有的像一匹馬，有的像一個紮辮子的小姑娘。

7. 山坡上，大路邊，村子口，榛樹葉子全都紅了。

8.　那本書像一塊磁石把我深深地吸引住了。

9.　這個老人站在這裏很久了，動也不動一下。

10.　你別像個懶漢一樣光吃不做啊！

11.　外面的雨似乎比剛才更大了。

12.　暴雨過後，農田變成一片汪洋。

13.　黃昏，蒼翠的山峰模糊成一片灰色。

14.　太陽一出來，霧就變成了淡淡的粉紅色。

「比喻」的妙用

有一天，小花狗和小馬為了一個問題爭執起來。小花狗認為說話不需要用比喻，小馬卻說用了比喻能把話說得更好。他們誰也不能說服對方。

這時候，旁邊坐着一位瞎了眼睛的熊爺爺。熊爺爺聽到他們爭論的內容，就說：「讓我來當裁判吧！我從來沒見過大象的樣子，你們誰能把牠的樣子說給我聽？」

小花狗說：「大象叔叔的腿是圓的，身體是圓的，耳朵是圓而扁的，鼻子是又圓又長的……」

小馬說：「大象叔叔的腿像柱子，身體就像一堵牆，耳朵像兩把大扇子，鼻子就像一條彎彎的管子。」

熊爺爺哈哈大笑起來：「聽了小花狗的話，我只知道大象全身都是圓的，再聽小馬的話，才能想像到大象到底長甚麼樣子呢！」

這時候，小花狗不得不低下頭，小聲地說：「用了比喻果然會說得更清楚呀！」

修辭多一點

比喻

你有沒有試過，要說一件事或者講一個道理事時，怎麼也講不清楚，對方也聽不明白呢？這時候，最好的方法就是打比方，用比喻。

小美害羞時，臉像蘋果一樣紅！

你想說小美害羞時臉很紅，但是究竟有多紅呢？用常見的「蘋果」來形容她的臉，別人就很容易明白，能想像到紅的程度。可見，用比喻跟直接說「淺淺的」、「一點點」或「不深不淺」相比，效果更好。

這個句子中，

「小美的臉」是本體，即比喻的對象。

「蘋果」是喻體，即用來做比喻的事物。

「像」是比喻詞，用來連繫本體和喻體。常見的比喻詞有「好像」、「彷彿」、「似乎」、「如同」等。

好的比喻，一定要貼切、恰當，也要有感情。

當要表達積極或贊同的意思時，要用好的喻體；要表達否定的意思時，就要以不好的事物作比喻。

記住：本體和喻體必須是性質不同的兩類事物，但兩者又要有相似的特徵。

就像「小美的臉」和「蘋果」是不同的東西，但都是紅色的。

一語道破

1.　X

2.　√

　　媽媽很美麗，但究竟有多美？想想春天盛開的花兒就知道了！

3.　√

　　蜘蛛網可以困住小飛蟲，一說皺紋跟它很像，我們馬上會想到皺紋跟蛛網一樣多和密啊！

4.　√

　　鏡子很平滑，說湖面像鏡子一樣，我們定能清晰地想像到平靜的湖面該是怎樣的景色了。

5.　X

6.　√

　　天上的雲到底有哪些形狀？原來，它們像馬，像小姑娘，這可生動多了！

7.　X

8.　√

　　這本書對我的吸引程度有多高？想想磁石吧！一靠近鐵製品，馬上就緊緊粘在一起，「書」跟「我」的關係也一樣。

9.　X

10. X

「你」和「懶漢」都是人，這不是比喻，只是作了比較。

11. X

12. √

「變成」是比喻詞，把農田比喻成「一片汪洋」，能把水淹農田的嚴重程度呈現在我們眼前。

13. X

改變的只是山峰的顏色，而「山峰」這事物沒有變。

14. X

雖然這句話有「變成」這個詞，但「霧」沒有變化，而改變的是霧的顏色本身，所以句子沒有用上修辭手法。

過關斬將

請你把兩組句恰當地搭配起來。

勤勞的爸爸

漂亮的小姑娘

敵人

她美麗的眼睛

一個好老師

A. 像魔鬼一樣殘酷

B. 像蜜蜂一樣忙碌

C. 長得像盛開的花兒一樣

D. 忙得像盲頭蒼蠅一樣到處亂飛

E. 就像蝸牛一樣慢慢走到跑道上

F. 像佛祖一樣慈祥

G. 像星星一樣閃閃發亮

H. 像下雨前的天色那樣陰暗

I. 就像一枝蠟燭，燃繞自己，照亮別人。

J. 像大樹一樣為我們遮風擋雨。

善用比喻的惠子

惠子是中國古代一個非常有學問的人。一次，他要去梁國拜見國王。

為了刁難惠子，一個大臣對梁王說：「惠子說話，最愛用打比方。大王如果不讓他打比方，他就沒有辦法講清楚一件事情了。」梁王說：「好。」

第二天，梁王召見惠子，對惠子說：「希望先生講甚麼事情都直接說，不要打比方了。」

惠子說：「大王，如果有一個不明白『彈弓』是甚麼東西的人，他問您『彈弓』的形狀像甚麼，您告訴他『彈弓』的形狀就像『彈弓』一樣，他能明白嗎？」

梁王想了想，說：「那自然是不明白的。」

惠子接着說：「如果這時你告訴他：『彈弓的形狀就像射箭用的弓一樣，不過它射的是彈丸而不是箭，它的弦是用竹子做的』，您想他會明白嗎？」

梁王又想了一想，說：「這樣就可以明白了。」

惠子說：「所以，說話的人本來就是用人們已經知道的東西，來說明人們所不知道的東西，這樣才能讓人們真正弄懂它。如果我不打比方，又怎麼能說清楚道理呢？」

梁王說：「你說得對啊！」

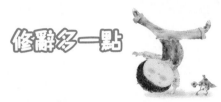

修辭多一點

明喻和暗喻

比喻的種類有很多，但在小學階段經常遇到的有明喻和暗喻兩種。

明喻 ＝ 本體 ＋ 比喻詞 ＋ 喻體

〔例〕

他（本體）動也不動，就像（比喻詞）石像（喻體）一樣。

明喻用到的比喻詞有很多，例如：像、好像、似乎、如、好似、恰似、似的、彷彿、猶如、有如、好比……一樣。

暗喻 ＝ 本體 ＋ 喻體

〔例〕

母親啊，你（本體）是荷葉（喻體），我（本體）是紅蓮（喻體）！

暗喻只出現了本體和喻體，沒有使用比喻詞，但用了「是」、「成」、「成為」、「變為」等詞來代替比喻詞。

一語道破

1.

B　勤勞的爸爸像蜜蜂一樣忙碌。

爸爸同蜜蜂很像，都是為了自己的生活而辛勤勞動。

C　漂亮的小姑娘長得像盛開的花兒一樣。

小姑娘是年輕人，她的漂亮最適合比喻成「花兒」了。

A　敵人像魔鬼一樣殘酷。

把敵人比喻成「魔鬼一樣殘酷」，就能讓你馬上感受到那種殘酷的程度了。

G　她美麗的眼睛像星星一樣閃閃發亮。

美麗的眼睛十分有神，比喻為「發亮的星星」就非常恰當。

I　一個好老師就像一枝蠟燭，燃燒自己，照亮別人。

老師付出很多心血和體力把學生教好，與奉獻自己為別人帶來光明的蠟燭最像了！

過關斬將

A. 哪些句子使用了明喻？請在方格內加 ✓。

1. 火車「嗚嗚」地一路高歌，向遠方奔馳。 ☐

2. 西湖像一塊碧玉，也像一面銅鏡。 ☐

3. 太陽就好像一個大大的火球，發放出無盡的熱力。 ☐

4. 細細的春雨就彷彿春姑娘紡出的線。 ☐

5. 茫茫的草原是一張又軟又厚、無邊無際的綠色地毯。 ☐

6. 水流撞到岩石上發出的聲音，如同雷聲一般震耳欲聾。 ☐

1. 李老師就是我們的指路明燈，帶領大家戰勝
   學習上的困難。

2. 春天來了，後花園成了孩子們遊樂的天堂。

3. 月亮就好似潔白的玉盤，掛在天上任人
   欣賞。

4. 他似乎並不着急，悠閒地一邊走一邊四處
   張望。

5. 沒有營養的書籍就彷彿是壞朋友，把你引到
   錯誤的道路上。

6. 小女孩有一雙燦若繁星的眼睛，非常漂亮。

東東用「比喻」

放假在家的東東給媽媽打電話：「媽媽，快要下雨了，婆婆買完菜正在回家，真怕她變成落湯雞呀！」

媽媽說：「怎能用『落湯雞』來形容婆婆呢，多沒禮貌呀！既然你擔心，那就帶把傘去接她吧。」

東東又說：「我順便也帶把傘給爸爸，免得他回來像打雷一樣大聲說我不關心他！」

媽媽問：「你怕爸爸打雷，那我呢？」

東東說：「媽媽你說話像蒼蠅嗡嗡叫，我才不怕呢！」

媽媽哈哈大笑：「你今天的比喻用得太失敗了！敢把媽媽比喻成『蒼蠅』，罰你也來給我送傘！」

【小提示】

「落湯雞」、「打雷」、「蒼蠅叫」這些比喻用在親人身上不太恰當。如果你是東東，你會用甚麼比喻呢？

15

修辭多一點

名篇選讀

榕樹正在茂盛的時期，好像把它的全部生命力展示給我們看。① 那麼多的綠葉，一簇堆在另一簇上面，不留一點兒縫隙。那翠綠的顏色，明亮地照耀着我們的眼睛，似乎每一片綠葉上都有一個新的生命在顫動。② 這美麗的南國的樹！

船在樹下泊了片刻。岸上很濕，我們沒有上去。朋友說這裏是「鳥的天堂」，有許多鳥在這樹上做巢，農民不許人去捉牠們。我彷彿聽見幾隻鳥撲翅的聲音③，等我注意去看，卻不見一隻鳥的影兒。只有無數的樹根立在地上，像許多根木樁。④ 土地是濕的，大概漲潮的時候河水會沖上岸去。「鳥的天堂」裏沒有一隻鳥，我不禁這樣想。於是船開了，一個朋友撥着槳，船緩緩地移向河中心。

（節錄自巴金《鳥的天堂》）

很多句子中有比喻常用的詞語，但卻不代表句子用了比喻的手法。

① 和 ② 兩句，有「好像」、「似乎」這些比喻詞，但卻不是比喻句，因為句子中缺少比喻的主體。這裏只是作者因為榕樹的姿態和顏色引起的聯想。

③ 這句話有「彷彿」這個詞，但並沒有比喻的主體，所以只是作者的聯想。

④ 這句話，是將「樹根」比喻成「木樁」，人們可以清楚地想像到很多樹根在一起的樣子。

一語道破

A.

1. ✗

「嗚嗚地高歌」屬於人的動作，這個句子並沒有用到
比喻，而是用了擬人手法。

2. √

「西湖」是本體，喻體是「碧玉」和「銅鏡」，「像」是
比喻詞。

3. √

「太陽」是本體，喻體是「火球」，「好像」是比喻詞。

4. √

「春雨」是本體，喻體是「線」，「彷彿」是比喻詞。

5. ✗

「草原」是本體，喻體是「地毯」，但這句話沒有明顯
的比喻詞，只用了「是」，屬於暗喻。

6. √

「水流的聲音」是本體，喻體是「雷聲」，比喻詞是「如
同」。

B.

1. √

   「李老師」是本體，「指路明燈」是喻體，這句話沒有比喻詞，用了「就是」，屬於暗喻。

2. √

   「後花園」是本體，「遊樂的天堂」是喻體，這句話沒有比喻詞，而用了「成了」，屬於暗喻。

3. ✗

   「月亮」是本體，「潔白的玉盤」是喻體，比喻詞是「好似」。

4. ✗

   這句話雖然有「似乎」一詞，但其實表達的是一種猜測，並不是比喻的用法，所以不屬於比喻。

5. ✗

   「書籍」是本體，「壞朋友」是喻體，比喻詞是「彷彿」。

6. ✗

   「眼睛」是本體，「繁星」是喻體，「若」是比喻詞，屬於明喻。

1. 太陽是常用的「喻體」，表示各種人類希望擁有的特質。試一下，看看你對太陽了解多少？

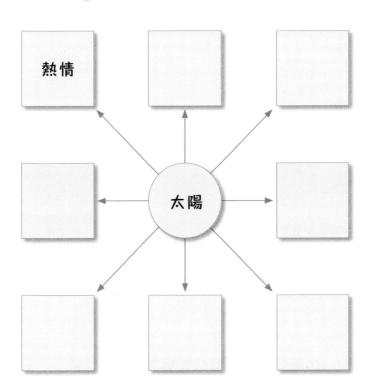

熱情

太陽

2. 中文有很多詞語都用了動物作「比喻」，
   你能猜出下面這些是甚麼詞語嗎？

A. 比喻言行氣勢洶洶，非常強悍的女性。（老虎）

B. 比喻處於落魄的境況，狼狽不堪的人。（狗）

C. 比喻依賴別人，自己不願努力的人。（蟲）

D. 比喻渾身濕透的人。（雞）

E. 比喻很受人們歡迎和追捧的人。（雞）

3. 「花語」可以用來做比喻的材料。例如：「這個少女像太陽花一樣，充滿神秘。」你對花語了解多少？試試看。

花	花語
太陽花	我愛你
蝴蝶蘭	初戀、純潔美麗
紅玫瑰	堅強
百合花	魅惑、愛之寓言
毋忘我	金玉富貴
康乃馨	永恆的愛
鬱金香	神秘
劍蘭	健康長壽
牡丹	吉祥
桔	哀悼
白菊	母愛
月桂	光榮
萬年青	純潔、高尚

過關斬將

哪些句子使用了擬人法呢？請在方格內加 ✓。

1. 老師可以指引我們前進的方向。

2. 冬天，太陽從厚厚的雲層中露出半張臉，
   很快又藏住了自己。

3. 桃樹、杏樹、梨樹，你不讓我，我不讓你，
   都開滿了花趕趟兒。

4. 春天到了，柳枝發出了新芽。

5. 漫天雪花在空中輕盈地舞動着，美極了。

6. 美麗的小野花在風中向我們招手。

7. 秋姑娘來了，為大地披上了一件金黃的
   衣裳。

8.　一叢叢杜鵑，迎着陽光，綻開了艷麗的
　　花朵。

9.　蜘蛛悄悄爬過來，想把飛蟲當作一頓美餐。

10.　火車「嗚嗚」地一路高歌，向遠方奔馳。

11.　那朝霞美得像是由最偉大的畫家描繪出來的
　　傑作一樣。

12.　長城修復之後變得年輕了，又展現出壯觀的
　　氣勢。

媽媽的妙方

星期天，玲玲和兩歲的弟弟在家裏玩。弟弟把玩過的玩具都扔在地上，不時還踩上兩腳。

玲玲教訓弟弟說：「你不能把玩具扔到地上，還踩它們！這樣是不對的！」

弟弟不明白，一直追問着：「為甚麼，玩具會痛嗎？」

玲玲沒辦法說清楚，就大叫：「媽媽，弟弟不乖，你快過來！」

媽媽對弟弟說：「你把玩具扔到地上，玩具會以為你不喜歡它們。你踩它們，它們會痛，更加不開心了，它們不開心可會哭呢！要是玲玲不跟你玩，不愛惜你，你也會哭吧！我們現在收拾一下，把玩具送回家好嗎？」

弟弟這次聽明白了，小心地跟媽媽一起把玩具放回玩具箱。

玲玲驚奇地說：「原來『擬人』還可以這樣用啊！」

媽媽笑着說：「把弟弟熟悉的『人』的感覺和心情放在玩具身上，他才更容易明白呀！這就是『擬人』的妙用！」

修辭多一點

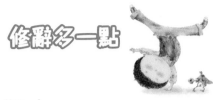

擬人

　　讀完上面的故事，你就會知道：原來把事物像卡通片一樣，當作人來描寫，給它們加上人的動作和感情，讓它們會哭、會笑，能讓別人感到生動而親切，更容易接受呀！這，就是「擬人」手法。

　　想想看：

　　「小鳥在樹上興奮地唱歌。」「小鳥在樹上唱歌。」這兩個句子，哪個更生動？

　　很明顯，是加入人的感覺「興奮」之後，句子更生動，能讓你想像到小鳥充滿生氣的歌聲。

　　在運用「擬人」時，你需要找到事物與人的神態、動作、行為的相似之處。

　　「擬人」手法有三種方式，分別是：

1) 把事物當作人來描寫
2) 用描述人的詞語來描述事物
3) 讓事物用人的語言來說話

　　靈活運用三種「擬人」的手法，還要根據兩種事物相似之處互相配合，才有好的效果呢！比如，我們把青青的麥苗比作「彎下腰的老爺爺」，那可就不恰當了。

一語道破

1. X

    老師的話的確可以對我們的成長有指引的作用，這句話沒有用擬人法。

2. √

    「露出半張臉」、「藏住了自己」等都是人的動作，採用了擬人法。

3. √

    「你不讓我，我不讓你」把人們常見的爭先恐後景象表現出來，使樹木顯得生機勃勃。

4. X

    雖然人也有「發出」這個動作，但「發出新芽」是植物的特有的生長過程，不是擬人。

5. √

    「輕盈地舞動」是人的動作，用來描述雪花，當然是擬人了。

6. √

    把「搖動」變成「向我們招手」，小野花變得調皮可愛，讓人喜愛。

7. √

把秋天當成一位姑娘，把「植物變色」說成是「給大地披上了一件金黃的衣裳」，大自然的形象一下子生動起來。

8. X

花朵「綻開」，是人們用於描述植物開花的常用詞語，不是擬人。

9. √

「悄悄爬過來」和「一頓美餐」這兩種人的情態和動作，讓人聯想到蜘蛛很想吃掉飛蟲的急迫之情。

10. √

為火車加上「一路高歌」、「奔馳」等動作，火車顯得有趣多了。

11. X

這句運用了比喻，把朝霞的美麗比作「偉大畫家描繪出來的傑作」。

12. √

「變得年輕了」讓人們明白到長城修復後煥然一新，變得更堅固和壯觀。

第5關

過關斬將

1. 夏天，大樹 [　] 。

2. 一顆有生命力的種子， [　] 。

3. 垃圾桶說：「 [　] 。」

4. 太陽公公 [　] 。

5. 月亮的 [　] 。

A. 我的胃口特別大，果皮紙屑全吞下

B. 為路人撐開一把大綠傘

C. 臉盤今晚特別圓，發出柔和的亮光

D. 即使它落到懸崖峭壁，也不會悲觀，決不會歎氣

E. 慈祥地溫暖着地上的萬物

1. 把事物當作人來描寫
2. 用描述人的詞語來描述事物

1. 天上的星星頑皮地向我眨着眼睛，我不禁把自己的煩惱都忘記了。

2. 柳枝隨着微風，向我們擺手問好。

3. 花兒靜靜地等候春雨的降臨。

4. 電台天天說個不停，真讓人討厭。

5. 太陽出來了，月亮回家了。

6. 小狗可憐巴巴地望着小主人，一聲不吭。

狐假虎威

狐狸的性情非常狡猾。

有一天，一隻狐狸獨自在山坡上玩耍，看見前面來了一隻老虎。牠很害怕，但已經來不及躲避了。這時候，牠忽然想出一個主意來。

牠大模大樣地走到老虎面前，對老虎說：「虎大哥，你不能吃我了！現在所有動物已推選我做獸王，你如果不信，可跟在我後面，走一段路試試看！你看看有哪個動物敢不逃走的？」

老虎是個直性子的傢伙，聽到狐狸的話，不禁愣住了。牠心想：「我一直都是獸王，怎麼今天牠變成獸王了？」

老虎一時摸不清底細，不敢得罪狐狸，就對狐狸說：「好吧，跟你走走看！」

就這樣，狐狸走在前面，老虎跟在後面。每當動物們看到跟在狐狸身後的老虎，都嚇得掉頭走人了。

走完這段路，狐狸回過頭對老虎說：「怎麼樣？牠們看見我都逃走了！」

誰的詩更好

今天，老師在課堂上教了一首古詩《詠柳》，還稱讚這首詩的擬人手法用得好。這首詩是這樣的：

碧玉妝成一樹高，萬條垂下綠絲條。

不知細葉誰裁出，二月春風似剪刀。

穎兒回到家，跟爸爸提起這首詩，說：「我的『擬人』手法比這首詩更好！」

爸爸很有興趣：「哦？快說說看！」

原來，穎兒把詩改成這樣：

碧玉點滿了樹梢，柳枝垂下綠絲條。

千片細葉誰做出？二月春風是剪刀！

爸爸看了穎兒的詩，就笑着說：「你的詩改得不錯，就是太直白，不夠有趣呀！你看，『妝』字是把姿態優美的柳樹描述成女孩子打扮自己，『裁』字就把美麗的春天當作是一個裁縫，用春風作剪刀，剪裁出柳葉的形狀。而你用『點』和『做』，只是把柳樹和春天只比作一個人。你說，哪個更生動，更符合柳枝隨風搖曳的景象？小詩人，你可真要向古人多多學習呢！」

一語道破

A.

1. B

    大樹的特點是枝葉多，就像一把大綠傘。

2. D

    種子生命力強，可在很多地方都能生長，具有了人不畏艱難的品質，因此可以說它「不會悲觀，決不會歎氣」。

3. A

    讓垃圾桶說出自己容納各種垃圾的特點，最傳神也最容易使人明白！

4. E

    把太陽當作老人家，突出了太陽給人溫暖的特點。

5. C

    用「圓臉盤」來描述月亮，讓人覺得很親近。

B.

1. 1

「頑皮地眨眼睛」是人的動作，句子是把星星當作人來描寫。

2. 1

向別人「擺手問好」，是人們打招呼的動作，句子把柳枝當作人來描寫。

3. 2

「靜靜地等候」是描寫人的詞語，句子則用來描述「花兒」。

4. 2

「說個不停」是描寫人的詞語，句子中則用來描述「電台」。

5. 2

「出來」和「回家」是描寫人行為的詞語，句子把「太陽」和「月亮」當作人來描寫。

6. 1

「可憐巴巴地望着」、「一聲不吭」都是人的動作和行為，句子把小狗當作人來描寫。

過關斬將

1 把事物當作人來描寫

2 讓事物用人的語言來說話

1. 金魚告訴漁夫：「別擔心，你的願望一定
   會實現的。」

2. 每天早晨起來後，這頭老牛就會慢悠悠地
   走到河邊去喝「早茶」。

3. 大黃狗警惕地叫着：「汪！你是甚麼人？！」

4. 溪水一路奔流，一路高歌：「嘩……嘩……，
   我是快樂的旅行家。」

5. 一陣山風吹過，松樹們用低沉的聲音
   唱起了歌兒。

1. 霧氣像面紗一樣遮住了高高低低的山峰。

2. 太陽艱難地從厚厚的雲層中掙扎着探出
　　頭來。

3. 那點薄雪好像忽然害了羞，微微露出點
　　粉色。

4. 小貓就像向媽媽撒嬌的寶寶，總愛跟在
　　我身邊。

5. 海浪用強有力的臂膀，把我推向沙灘。

七步詩的故事

中國古代有個著名的政治家叫曹操，他有兩個兒子：曹丕和曹植。曹植很聰明，詩歌文章寫得又多又好。當時，大家都很喜歡曹植，曹操也很寵愛他。這就惹來了曹丕的嫉妒。

曹操死後，曹丕做了皇帝。有一天曹植來拜見哥哥。曹丕很想刁難一下這個有才華的弟弟，便命令曹植在大殿上走七步，走完七步就必須作出一首以「兄弟」為題目的詩，否則就要治他的罪。

曹植沒有害怕，走完七步後，他果然作出了一首詩：

煮豆燃豆萁，
豆在釜中泣：
本是同根生，
相煎何太急？

詩的意思就是：煮豆子時燒的是豆子的莖，豆子在鍋裏傷心地哭：咱們本是同一條根上長出來的啊，現在你為甚麼要這樣焦急地要迫害我呢？

曹植把豆萁和豆子比喻成兄弟，又讓豆子以人的口吻來對哥哥提出質問。

最後，曹丕也沒法治曹植的罪。

萁：豆类植物脱粒后剩下的莖。　　釜：鍋。

修辭多一點

擬人和比喻

「擬人」和「比喻」看上去很像，都是將不同的事物相比。但只要記住以下幾點，你就不會再為分辨它們而煩惱了：

1. 「擬人」只會把人的特徵放在一個事物身上。

2. 「比喻」非常注重突出事物的相似點，而「擬人」則直接把事物當作人。

3. 「比喻」的喻體往往是一個事物，而「擬人」則是描述動作、行為、語言等。

〔例〕

A. 沉睡的火山一旦甦醒，就會發出震耳欲聾的怒吼。

B. 活動的火山就像怒吼的魔鬼一樣可怕。

A 句和 B 句表達的意思相近。A 句用了「擬人」手法，用「沉睡」、「甦醒」、「怒吼」這些人的動作，把火山當作人去描寫；B 句則用了「比喻」手法，突出「火山」與「魔鬼」的可怕程度相似，喻體是「魔鬼」這個事物。

一語道破

A.

1. 2

   「金魚」是動物，句子描述金魚像人一樣說話，屬於第二種擬人手法。

2. 1

   喝「早茶」是人的行為，句子把牛當作人來描寫。

3. 2

   句子描述了「狗」像人一樣警惕的問話。

4. 2

   句子描述了溪水像人一樣歌唱着。

5. 1

   「用低沉的聲音唱起了歌兒」是人的行為，句子把松樹當作人來描寫。

B.

1.　1

「霧氣」是本體，「面紗」是喻體，「像」是比喻詞。

2.　2

「艱難」、「掙扎着探出頭來」都是描述人動作的詞
語，句子把太陽當作人來描寫。

3.　2

「忽然害了羞」是人的行為，雖然有常見的比喻詞，
但因為句子主要把雪當作人來描寫，所以屬於擬人。

4.　1

「小貓」是本體，「撒嬌的寶寶」是喻體，比喻詞是「就
像」。

5.　2

「強有力的臂膀」是描述人的詞語。

通關遊樂場

4. 猜謎語

提示：用比喻或者擬人的手法去想想，謎語中提到的東西最像甚麼？

1. 身體細長，兄弟成雙，
   光愛吃菜，不愛喝湯。

2. 遠看像車輪，近看像八卦，
   最會出風頭，人人都愛它。

3. 有面沒有口，有腳沒有手，
   雖有四隻腳，自己不會走。

4. 遠看像條龍，近看活動城，
   日行千里路，載人去旅行。

5. 身穿綠衣裳，肚裏水汪汪，
   生的子兒多，個個黑臉膛。

6. 耳朵像蒲扇，身子像小山，
   鼻子長又長，幫人熱心腸。

5. 下面這些詞語中，有的用了比喻的手法，有的用了
   擬人手法。你能將它們分開放進不同的書架上嗎？

虎背熊腰　閉月羞花　怒髮衝冠　如狼似虎
不脛而走　狼吞虎嚥　百花爭艷　兔死狐悲
龍飛鳳舞　豬朋狗友　揮金如土　花枝招展

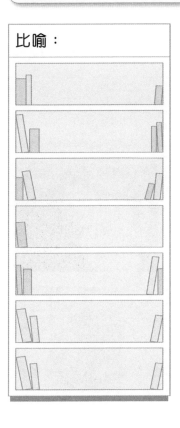

比喻：

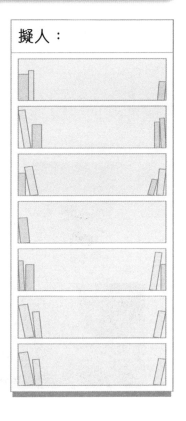

擬人：

6. 小宇想到的一些句子，都可以與圖片中與人有關的場景配對，你能幫幫他嗎？

1. 一群鴨子呱呱地吵着

2. 花兒把枝葉舒展開來

3. 小貓從門邊探出頭來

4. 這棵老榕樹為人們帶來方便

A.

B.

C.

D.

排比、反復

來到第 7 至 10 關，小宇要面對另外兩種最常見修辭法：排比和反復。

表面看來，這兩種手法都很相似，都在重複一些詞語、詞組和結構相似的句子。小宇平日做練習時，也經常把兩者弄錯了。

究竟怎樣區分排比和反復呢？是不是凡是有重複的句子就是反復呢？甚麼時候該用排比？甚麼時候該用反復？

對於這些問題，小宇又一次感到非常迷惑啊！

你能幫小宇的忙，跟他一起攻克這個「排比反復關」嗎？

過關斬將

這些句子用了排比手法嗎？有的請加 ✓。

1. 在農舍前，小貓咪咪地唱着，小狗汪汪地喊着，小豬嗚嗚地叫着。

2. 在熱鬧的花市裏，到處都充滿了春天的氣息，讓人感受到春天的溫暖。

3. 這隻可愛的小貓從窗台跳到地上，再從地上跳上書桌，實在是頑皮。

4. 他既能做好工作，又能做好家務，還能帶好孩子，真是全能的爸爸！

5. 這個健身教練身體很強壯，手臂、大腿和腹部全都是肌肉。

6. 她笑了，眼睛笑得彎彎的，嘴唇翹了起來，露出了潔白的牙齒。

7. 北極是一片銀白色的世界：大地是白色的，
   動物是白色的，連房子也是白色的。

8. 寺廟門前有兩隻石獅子，它們毛髮豎立，
   齜牙咧嘴，姿態威武。

9. 這些佛像造型精美，體態勻稱，面容慈祥。

10. 春天到了，微風輕吹，垂柳搖擺着身體。

11. 幼稚園裏，有的小朋友在做手工，有的小朋友
    在玩遊戲，還有的小朋友在唱歌跳舞。

12. 花園裏繁花怒放，有玫瑰、百合、康乃馨、
    波斯菊、鬱金香，非常美麗。

故事留聲機

李白智對楊國忠

　　李白是唐代有名的大詩人。有一次，他去拜訪高官楊國忠，自稱是「海上釣鼇客」。

　　原來，鼇是傳說中的海龜，身體無比巨大。據說女神女媧娘娘把鼇的四隻腳斬下來當柱子，天才不會掉下來。

　　楊國忠聽到李白自稱「釣鼇客」，認為這個人太自大了，想殺一殺他的威風，便說：「先生去滄海，釣這鼇，拿甚麼去釣呢？」

　　李白一聽，就知道楊國忠要為難他，便機智地笑着回答：「我去釣鼇，是拿天上的虹霓做絲繩，拿夜空的明月做鈎子，拿天下的惡人做魚餌！」

　　楊國忠聽完嚇了一跳，心想：「這個李白果然不好對付啊！」從此，他再也不敢輕易去找李白的麻煩了。

修辭多一點

排比

寫句子或文章時，當你要表達自己強烈的感情，會用甚麼修辭手法？試試「排比」吧！

排比 = 詞語 / 詞組 / 句子 ⅢⅢ➡ 三句（或以上）並排一起（結構相似 / 字數相近 / 語氣一致）

〔例〕

我們要比上一代抱更大的理想，有更好的能力，負更大的責任，令社會越變越好！

這樣的句子一口氣說出來，是不是讓你覺得非常有氣勢，能感受到強烈的自豪感，和強大的語言力量呢？

排比手法最常見句式標誌：「每當……」、「有的……」、「一邊……」等等。

在使用「排比」時，一定要記得：排比的內容應該是有緊密聯繫的。很多時候還要遵從「從淺到深」、「從易到難」、「從次要到重要」等的順序呀！

小朋友們，請先練好用詞作排比，你會發現，詞組、句子和段落都能用作「排比」，增添文采呢！

一語道破

1.　√

　　這是典型的排比句。三種小動物沒有誰更重要之分，用同樣的結構寫出牠們不同的叫聲，將農舍前熱鬧的場面展現出來。

2.　✗

　　關於春天的內容只有兩組，結構也不一致，只是接着說下去。

3.　✗

　　描述小貓動作的內容只有兩組，雖然結構一樣，但也不屬於排比。

4.　√

　　描述「他」的內容有三組，結構和字數都一致，屬於排比。

5.　√

　　雖然「手臂、大腿、腹部」是三個詞語，但因為結構和字數都一致，且並列一起，沒分輕重，所以屬於排比。

6.　✗

　　幾組內容看似相近，但「眼睛笑得彎彎的」與後面兩句結構不同；后兩句有接着說下去的關係，所以不是排比。

7. √

雖然最後一組的內容在結構和字數上跟前兩組不太一樣，但主要內容相同，也算是用了「排比」。

8. √

「毛髮豎立，齜牙咧嘴，姿態威武」三個詞組結構和字數一致，當然是排比了！

9. √

三個詞組的結構字數一致，說話語氣都是讚美佛像的。

10. ✗

微風吹過，所以楊柳才會擺動。這句話中排列的內容不足三組，而且還是原因和結果的關係，所以不是排比。

11. √

三組小朋友們的活動內容在結構上一致，屬於排比。

12. √

句子中並列的雖然只是四種花的名字，但結構和字數都相近，對句子主旨也很重要，屬於排比。

過關斬將

這些句子若使用排比，該選擇哪些句子？

1. 這位老爺爺愛好廣泛，☐☐☐☐。

2. 從天空往下看，☐☐☐☐。

3. 這首歌☐☐☐。

4. 彩虹☐☐☐。

A. 聲音動人

B. 像一座美麗的橋樑

C. 路上的車輛像一隻隻甲殼蟲

D. 歌詞優美

E. 窗戶就像一個個方格

F. 寓意深刻

G. 像一條七色的彩帶

H. 還喜歡畫畫

I. 喜歡打羽毛球

J. 像一件大自然製作的傑出藝術品

K. 房子就像一塊塊積木

L. 旋律動聽

M. 喜歡去玩攀山

N. 喜歡唱歌

O. 馬路就像一條條細帶子

故事留聲機

球評也精彩

又到了四年一度的世界杯足球比賽，一家人圍在電視機前，聚精會神地看着電視直播。

爸爸支持荷蘭隊，哥哥和弟弟支持巴西隊。這時，巴西隊在落後一球的情況下連進兩球，兄弟倆高興極了，哥哥大喊：「巴西就是冠軍！」爸爸則叫道：「還末分勝負呢，荷蘭很快就會追上來！」

弟弟在一旁也非常興奮，他搖頭晃腦地說：「爸爸，你看巴西隊員的腳法，一時靈活，一時笨拙，一時飄忽，一時橫衝直撞，荷蘭隊看來很難抵擋嘛！」

哥哥聽了，瞪了弟弟一眼：「你到底站在哪一邊？！用詞一點都不準確，還學人用排比句呢！應該說『該靈活時靈活，該飄忽時飄忽，該勇往直前時就勇往直前！』」

爸爸忍不住笑起來：「雖然我支持荷蘭隊，但不得不說，哥哥說得對！」

修辭多一點

名篇選讀

夜幕降臨了，草葉上、花朵上、禾苗上①出現了一顆顆小露珠。小露珠爬呀，滾呀，越來越大，越來越亮，到黎明的時候，已經有黃豆粒那麼大了。

「早哇，像鑽石那麼閃亮的小露珠。」蹦到大荷葉上的小青蛙對小露珠說。

「早哇，像水晶那麼透明的小露珠。」爬到草稈上的小蟋蟀對小露珠說。

「早哇，像珍珠那麼圓潤的小露珠。」落在花朵上的小蝴蝶對小露珠說。②

小動物們都喜歡小露珠。

一會兒，太陽公公披着雲霞，爬上了東山，染紅了天空，照亮了大地③。霞光中，小露珠光彩熠熠，把所有的植物都裝點得格外精神——金黃的向日葵，碧綠的白楊樹，紫紅的喇叭花④，還有數不盡的鮮花嫩草，都像俊俏的小姑娘戴上了美麗的珠寶，顯得更加生機勃勃。

—— 節選自童話《小露珠》

第 1 句用了表示位置的詞組作排比內容，表達「小露珠到處都是」的意思。

第 2 句通過青蛙、蟋蟀、蝴蝶說的話，把小露珠比作「鑽石」、「水晶」、「珍珠」等閃閃發亮的事物，表達了動物都非常喜愛小露珠的感情。

第 3 和第 4 句，都是用詞組來作排比的內容，把日出時，和日出後大自然的景象描繪得生動和美麗。

一語道破

　　用作排比的三組內容，要根據句子表達的內容需要來安排，不能生硬拼湊出來，必須合情合理，符合形象及內容。

1.　這位老爺爺愛好廣泛，I. 喜歡打羽毛球，N. 喜歡唱歌，H. 還喜歡畫畫。

2.　從天空往下看，K. 房子就像一塊塊積木，C. 路上的車輛像一隻隻甲殼蟲，O. 馬路就像一條條細帶子。

3.　這首歌 L. 旋律動聽，D. 歌詞優美，F. 寓意深刻。

4.　彩虹 B. 像一座美麗的橋樑，G. 像一條七色的彩帶，J. 像一件大自然製作的傑出藝術品。

過關斬將

這些句子用了反復手法嗎？有的請加 √。

1. 路越來越危險，人越來越少。

2. 兩人對酌山花開，一杯一杯復一杯。

3. 他失望極了，嘴裏喃喃地說：「怎麼會這樣？
   怎麼會這樣？」

4. 你從來都不想想是不是自己錯了，
   你沒想過啊！

5. 「那是甚麼？你快看，那是甚麼？！」
   他緊張地問。

6. 泉太好了，永遠那麼純潔，永遠那麼活潑，
   永遠那麼鮮明，冒，冒，冒，好像永遠不感
   到疲乏，只有自然有這樣的力量！

7. 對於一個在北平住慣的人，像我，冬天要是不颳風，便覺得是奇跡；濟南的冬天是沒有風聲的。對於一個剛由倫敦回來的人，像我，冬天要能看得見日光，便覺得是怪事。

8. 他小心地望門外看了一眼，縮回去，然後又看了一眼。

9. 小美每天早上跑步，也習慣每天晚上聽音樂入睡。

10. 春天在哪裏？春天在哪裏？春天在那青翠的山林裏。

11. 妹妹一邊哭着，一邊跑出家門。

12. 海鷗在暴風雨來臨之前呻吟着，——呻吟着，牠們在大海上飛竄，想把自己對暴風雨的恐懼，掩藏到大海深處。

起牀了

弟弟喜歡賴牀，每天早上都要媽媽催他起來上學。

終於，媽媽想了個好辦法。她把幾句話調成了手機鬧鐘的鈴聲，把三個手機放在弟弟牀頭。

第二天早上 6 點半，弟弟被第一個鬧鐘吵醒了：「老師好！老師好！」弟弟閉着眼睛喃喃地說：「還沒上學呢，哪來的老師！」他把鬧鐘按停了。

過了 5 分鐘，另一個鬧鐘響起來：「同學們好！同學們好！」弟弟不耐煩地翻了個身：「行啦，不用跟我打招呼！」他按停了鬧鐘。

再過了 5 分鐘，第三個鬧鐘又響起來了：「陳東東，交功課！陳東東，交功課！」弟弟一下子從牀上跳起來：「啊！我還沒做完作業呢！」

於是，他趕緊刷牙洗臉吃早餐，匆匆忙忙地背上書包出門去了。

看着弟弟的背影，媽媽掩着嘴巴笑起來：「三管齊下，反復叫喚，看你明天還賴不賴牀？！」

修辭多一點

反復

在日常生活中，連續反復地說同一句話，有時候會讓人很煩，感到很嘮叨；有時候，它卻能用一種強烈的態度提醒你，趕緊去做應該做的事情！

寫文章時，我們特意去重複某些詞語、詞組或句子，去強調某種意思、某些感情，我們稱為反復。

反復 ＝ 詞語／詞組／句子／句式／語段 ⅢⅢ➡ 重複出現

〔例〕

冷靜，冷靜（詞語）！我一定要走出這個死胡同！

盼望着，盼望着（詞組），东风來了，春天的腳步近了。

反復用得好，可以加強氣勢，可以讓感情更明顯，更強烈，更可以使文字變得更優美！好處很多呢！

不過，小朋友要注意，反復有三種表現方式：

1. 連續不斷地重複出現。

2. 在重複出現的內容中，夾雜了其他文字。

3. 在不同段落的同一位置，出現重複的句子／詞組。

一語道破

1.　✗

這個句子用到「越來越」，但只是對比，不構成反復。

2.　✓

這是唐代詩人李白的詩句。「一杯一杯復一杯」，反復用了三個「一杯」，表明「兩人」喝了很多酒，而且興致很高，是不停地一杯接一杯喝下去。

3.　✓

句子中反復地說「怎麼會這樣」，生動真實地表現出一個人非常失望，又很想知道原因時的反應。

4.　✗

5.　✓

這句話用間隔反復提問「那是甚麼」，表現出「他」很想知道答案的緊張的心情。

6.　✓

選自老舍《趵突泉》。這句子中先用三個「永遠……」排比句，寫出泉水美好的姿態，再連續反復用「冒」字，生動地表現出泉水噴湧的動態，點出泉水「永不疲乏」水量豐盛的特點。

7. ✓

選自老舍《濟南的冬天》。這裏間隔反復的方式，以「像我」這個詞組，帶出濟南冬天與其他地方冬天的對比，也寫出了「我」對濟南冬天的特別感受。

8. ✗

雖然「看了一眼」重複了兩次，但這是動作的連續，並不是刻意反復。

9. ✗

句子中「每天」並不是句子需要刻意強調的中心，所以不屬於反復。

10. ✓

孩子們問一個問題，往往要一直重複到獲得答案為止。這反復句充分表現了孩子們天真而好奇的特點。

11. ✗

「一邊」並不是需要強調的內容，這個句子只是表示同時進行的動作。

12. ✓

這句話反復使用了「呻吟着」這個詞，表現了膽小的海鷗不敢對抗暴風雨。

過關斬將

以下句子哪些用了 A 反復，哪些用了 B 排比，你能分辨嗎？

1. 我要找到答案，我要走出這個死胡同，我要迎接充滿希望的明天！

2. 劉阿姨氣憤地說：「你看，這哪裏是優質產品？這哪裏是優質產品啊！」

3. 他把零食扔得到處都是，茶几上有，飯桌上有，書桌上有，連牀上也有！

4. 小寶寶好奇地到處張望：花園原來是這樣的！籃球場原來是這樣的！游泳池原來是這樣的！

5. 他不斷地找呀找呀，終於找到了那朵珍貴的雪蓮花。

6. 在南方每年到了秋天，總要想起陶然亭的蘆花，
   釣魚臺的柳影，西山的蟲唱，玉泉的夜月，
   潭柘寺的鐘聲。

7. 玲玲興奮地揮手大叫：「媽媽！媽媽！
   我在這裏！媽媽！」

8. 圍觀的市民爆發出一陣陣喝彩聲：「做得對！
   說得好！答得妙！」

9. 你敢不敢再說一次？敢不敢再說一次！

10. 我們一邊逛街，一邊吃雪糕，一邊談天
    說地。

11. 有了媽媽的支持，我不再害怕遇到困難，
    不再害怕孤立無援，不再害怕別人的質疑。

12. 小貓圍着花架轉來轉去，轉來轉去，就是找
    不到剛才的小蝴蝶。

漁夫和金魚

從前，在蔚藍的大海邊，有一間茅草房，裏面住着一對老夫婦。他們家很窮，要靠老爺爺每天出海打魚維持生活。

有一天，天空陰沉沉的，老爺爺灰心地把最後一網拉上船時，却驚奇地發現網裏有一條小金魚。金魚開口說：「求求你，放了我吧，我能滿足你的所有願望！」老爺爺很同情牠，甚麼都沒要，就把小金魚放走了。

回家後，老爺爺把這件事告訴了老太婆。老太婆罵道：「你這個傻瓜！我們的木盆早就爛了，去！向金魚要個木盆！」

小金魚很快就滿足了老太婆的願望。可是老太婆又罵老爺爺說：「你這個傻瓜！我們的茅草房還能住嗎？去！向金魚要個漂亮的房子！」

住了新房子沒幾天，老太婆又罵老爺爺：「你這個傻瓜！住漂亮的房子怎能沒有僕人？去！向金魚說我要當貴婦人！」

老爺爺充滿內疚地從海邊回來，老太婆一邊指揮僕人們幹活，一邊繼續罵他：「你這個傻瓜！這個小小的房子怎能住下這麼多人？去！向金魚說我要當女皇，我要一個大城堡！」

這一次，小金魚再也沒有答應老太婆的要求。他們又過回了從前貧窮的日子。

修辭多一點

名篇選讀

《春雨》（兒歌）

滴答滴答，下小雨啦！

種子說：下吧下吧，我要發芽。

滴答滴答，下小雨啦！

梨樹說：下吧下吧，我要發芽。

滴答滴答，下小雨啦！

麥苗說：下吧下吧，我要長大。

滴答滴答，下小雨啦！

孩子說：下吧下吧，我要種瓜。

滴答滴答，下小雨啦！

《小雨點》（兒歌）

小雨點，沙沙沙，落在小河裏，青蛙樂得呱呱呱；

小雨點，沙沙沙，落在大樹上，大樹樂得冒嫩芽；

小雨點，沙沙沙，落在馬路上，小童鞋子啪啪啪。

　　兒歌既好聽，又容易讀，還能學到知識。反復、比喻、擬人都是兒歌常用的修辭手法。

　　這兩首兒歌用反復模擬了下雨的聲音，還引出下雨對大自然的好處，同時也表達了動物、植物和人們對雨水的喜愛之情。

一語道破

1. B

   「我要……」這句式連續出現 3 次，用來強調找到出
   路的決心和渴望！

2. A

   劉阿姨重複地質問，充分強調了她氣憤的心情。

3. A

   反復使用「……有」這詞組，強調和說明「他」亂扔
   零食的程度，表達了說話人強烈不滿的情緒。

4. A

   用三個連續「原來是這樣的」的反復句式，展現了小
   寶寶對世界感到好奇，開始認識世界的心理活動。

5. A

   反復說「找呀找呀」，把這個人尋找雪蓮很久而不放
   棄的行為表達出來。

6. B

   選自郁達夫《故都的秋》。這段話列舉了北京秋天的
   種種景色，並無重複同樣的內容，所以只是排比，不
   是反復。

7. A

小朋友見到媽媽總是很興奮，連續反復的呼喚就把這種興奮表露無遺。

8. B

觀眾的歡呼並沒有重複同樣的詞語，而用了同樣結構和字數的詞組表達感情，屬於排比。

9. A

同一句話反復說兩次，強調表達了說話人的憤怒之情。

10. B

句子列出我們同時做的三種行為，並無重複相同內容，屬於排比。

11. B

雖然用了三個「不再害怕……」的句式，但因為表達主旨的仍是後面的內容，所以這是排比句。

12. A

反復說「轉來轉去」，表現出小貓執着的可愛情態。

1. 古代文人愛好詩歌，經常用類似「反復」的方法來作詩。這些詩歌中，字詞反復使用，我們稱為「迴文詩」。下面是其中一首，全詩只有 14 個字，卻能讀出四句、每句七字的詩歌來。考考你，能把它讀出來嗎？

採蓮人 ⌐ ⌐ ⌐ ⌐ ，

⌐ ⌐ ⌐ ⌐ ⌐ ⌐ ⌐ 新，

一 ⌐ ⌐ ⌐ ⌐ ⌐ 玉 ，

⌐ ⌐ ⌐ ⌐ ⌐ 採蓮人。

2. 「疊詞」類似反復，不過重疊的是單字。很多成語都是疊詞組成的。下面幾種模式，你能舉一反三嗎？

A. AABB 型　　例：安安穩穩

B. AAxx 型　　例：多多益善

C. AxAx 型　　例：不上不下

不　不　　　不　不　　　不　不

無　無　　　無　無　　　無　無

一　一　　　一　一　　　一　一

3. 你能把下面這些分散的詞組，有條理地分類整理好嗎？你要按照一定的順序來排列才能排得好哦！

A. 要表演

B. 像露出半張臉的小孩子

C. 要學舞

D. 要練舞

E. 像剛剝了殼的鹹蛋黃

F. 開闊眼界

G. 大自然對人類的恩賜

H. 城市之外美麗的風景

I. 小動物生活的樂土

J. 解答疑問

K. 傳授知識

孩子們： ⬜ ⇨ ⬜ ⇨ ⬜

太陽下山： ⬜ ⇨ ⬜

書： ⬜ ⇨ ⬜ ⇨ ⬜

青翠的山林： ⬜ ⇨ ⬜ ⇨ ⬜

設問、反問

來到第 11 至 14 關，小宇要繼續挑戰兩種修辭手法：設問和反問。

問問題也屬於修辭手法嗎？對！

而且，問答的方式不同，它們表達的效果也不相同呢！

看出來了嗎？上面幾這句話中，就包含了設問／反問的其中一種手法。你能猜到是哪一種嗎？小宇猜不出來，所以，更要認真對付這一關的難題啦！

請你也打起精神，跟小宇一起攻克「設問反問關」！

過關斬將

以下哪些提問句用了設問法呢？有的請加 ✓。

1. 海有多深？誰知道答案啊！

2. 春天在哪裏？春天在充滿生機的森林中。

3. 你知道這是甚麼嗎？這是製造機器人的
   重要零件啊！

4. 宇宙中有沒有其他生命？宇宙究竟有多少歲了？
   宇宙還有在繼續長大嗎？看了這本書你就會
   知道。

5. 你能告訴我，出路在哪裏嗎？

6. 這件事能說出去嗎？當然不能！

7. 你發燒了？為甚麼額頭那麼燙？

8. 像這樣好的老師，我們怎麼會不喜歡呢？

9. 這次露營我們的任務是甚麼？鍛煉合作
   精神呀！

10. 這件事是怎樣引起的呢？因為爭奪土地。

11. 你說的話再好聽又有甚麼用？我們要看實際
    行動！

12. 為甚麼屋子這麼多灰塵？因為外面就是一個
    建築工地！

愛釣魚的狄更斯

英國大作家狄更斯十分喜愛釣魚。他認為釣魚是最有意思的休息,對身心都非常有好處。

有一天,他正在釣魚,一個陌生人走來問他:「怎麼,你在釣魚?」

「是啊!」狄更斯答道,「今天釣了半天,沒看到一條魚,可是昨天在這裏我卻釣了十五條啊!」

「是嗎?」陌生人問,「你知道我是誰嗎?我是這地方專門檢查釣魚的人員,這裏是不准許釣魚的。」

說着,他從衣袋裏掏出一疊罰款單,要記下名字來罰款。

狄更斯忙問他:「你知道我是誰嗎?」

正當陌生人驚訝的時候,狄更斯直截了當的說:「我是作家狄更斯。你不能罰我的款,因為虛構故事是我的專業。」

修辭多一點

設問

提出問題後，別人還沒回答，就說出答案了。這種自問自答的手法，稱為設問。

設問 ＝ 自問自答 答在問外

凡是設問，都是正面提出問題，答案緊跟在後面。

為甚麼要用設問呢？試想想，如果直接把答案告訴你，你能記住嗎？印象會深刻嗎？用了設問，一下子就能把人吸引住，還能強烈地表達感情，效果是不是更好？我們寫文章時，用了設問，就不用那樣平淡，沒有變化。

有時候，設問除了「一問一答」，也可以「數問一答」，甚至「數問數答」。

要注意，用設問之前，要想清楚：要加深印象嗎？要提醒別人嗎？要強調語氣嗎？

如果你在寫作時隨便使用設問，就會令文章像湊字數一樣，顯得很多餘、累贅。

一語道破

1. X

   這是普通的提問句，後面一句不是答案。

2. √

   直接告訴你「春天就在森林裏」，很容易看過就忘記了。先提問，引起讀者思考「哪兒能看到春天來了」，然後再往下看，看到「在森林裏」這個答案，讀者馬上就有同感：對呀，森林裏有新發的嫩芽，盛開的花兒，這不就是春天的痕跡嗎？

3. √

   改後句子一開始就用問句吸引了讀者的注意，然後再說出「這是製作機器人的重要零件」，比原句更令人印象深刻。

4. X

   雖然一口氣提出了三個問句，然後給出一個肯定句，但因為給出的不是問題的答案，所以不屬於設問。

5. X

   這是普通的提問句，提問後沒有提供答案。

6. √

   先提出問題，然後再堅決道出「當然不能！」，表達了堅決和警告的意思。

7. X

   連續兩個疑問，卻沒有提供答案。

8.　X

這句只是提問，沒有直接回答，答案已在問題之中。

9.　✓

這句話自問自答，是最常見的設問手法。

10.　✓

用提問引起讀者的興趣，然後馬上說出事件的起因。

11.　X

問句後雖然有一句肯定句，但不是回答問題，所以不是設問。

12.　✓

一問一答，把說話人對屋外建築工地灰塵大的抱怨之情表露得非常清楚。

過關斬將

下面哪些是用得好的設問句，請你找出來，在方格內加上 √。

1. 你是中國人嗎？她是外國人。

2. 他明白了這件事情的來龍去脈沒有？
   我不知道他有沒有。

3. 狐狸狡猾的本性會突然改變嗎？不會，
   決不會！

4. 我方軍隊有多少人？五萬。敵方軍隊有
   多少人？十萬！

5. 這部電影能吸引那麼多人嗎？這部電影
   吸引了很多人。

6. 這是一棵甚麼樹？木棉樹。這是一種
   怎樣的樹？奮發向上的英雄樹！

7. 這麼多作業我能做完嗎？我能在 12 點前
   睡覺嗎？我覺得不可能吧！

8. 我們今天去哪裏？我們去幹甚麼？
   我們和誰去？

9. 這是真的嗎？難道這竟然是真的？！

10. 是甚麼改變了世界和人們的溝通方式？
    是電腦。

11. 你有甚麼想法？不要害怕，盡管說出來。

12. 做這件事的難度高不高？這還用問嗎！

自問自答的哥哥

小明和哥哥約好了下午兩點半一起去看漫畫展。

小明從圖書館過去，哥哥從家裏出門。可是，小明在展覽館門口等了半個多小時，也沒看見哥哥，心裏很焦急。

終於，哥哥出現了。小明連忙問：「你去了哪兒呀！路上有甚麼事情嗎？」

哥哥笑了，慢吞吞地說：「小明，你是不是很焦急呢？肯定是了。你是不是在抱怨我遲到了？肯定也是啦！你是不是很想知道我為甚麼遲到呢？這更加肯定是啦……」

小明聽得不耐煩，打斷哥哥說：「哥哥，你這不是明知故問嗎！」

哥哥哈哈大笑起來：「其實，漫畫展在下午三點半才開始呢！我在家裏看到你留下的入場券才發現啊！你這個小糊塗，連入場券也不拿，到時候怎麼入場呢？」

小明不好意思地笑：「對啊，這次真有點糊塗了！」

修辭多一點

名篇選讀

《天上的橋》

虹呀，天上的橋！

圓弧架空長又長，誰的手段這樣巧①？

紅、橙、黃、綠、青、藍、紫，何來寶石這樣好²？

虹呀，天上的橋！

登橋下望地球面，山海風景定奇妙。

誰能借我輕氣球，讓我登橋看個飽。

虹呀，天上的橋！

轉眼忽然不見了，累我抬頭一陣找。

全沒雲遮和霧掩，哪裏去了誰知道③？

第 1 句的答案雖然沒有在詩歌中出現，卻是人們一定知道的常識，並不需要在詩歌中特別回答，小朋友也能知道答案的。第 2 句的答案，則在前文「虹呀」這句中已經暗示了。所以這兩句屬於「設問」句。

第 3 句也是問句，可這句話的答案卻並不是人人都知道的了。這是疑問句，為了引起讀者思考，而不是設問。

一語道破

1. X

   問題問「你」是不是「中國人」,但原句卻突然寫到「她」,答非所問了。

2. X

3. √

4. √

5. X

   表面上是一問一答,後面的答案沒有直接回答問題。

6. √

7. √

8. X

   這句只是一連串的問句,卻沒有答案。

9. X

10. √

11. X

12. √

過關斬將

以下哪些句子用了反問呢？有的加 ✓。

1. 媽媽怎麼會不想念在外國讀書的姐姐？

2. 你想不想馬上就獲得成功？

3. 到現在還沒能解決問題，我怎麼能不焦急？

4. 人人都能做到的事情，你難道就不能做到？

5. 你覺得這個問題是很容易解決的，對嗎？

6. 那樣美麗的景色，我怎能忘記？

7. 說好的事情你怎能反悔？

8. 這麼多菜，你一個人怎麼能吃完？！

9. 你知道你浪費了多少寶貴的時間嗎？

10. 難道因為他是校長的兒子，就可以得到
    特殊優待了嗎？

11. 誰能告訴我，這到底是怎麼一回事？

12. 沒有太陽，又怎麼會有光明可愛的世界？

故事留聲機

伊索答路人

有一天，寓言家伊索正走在鄉間的路上，他遇見一個過路的人。

過路人向伊索打聽：「現在我離前面的村子還有多遠？我還要走多久呢？」

「你往前走吧！」伊索對他說。

「我當然知道要往前走，我只是請你告訴我，還要走多少時間呢？」

「你就走吧！」伊索還是這樣回答。

「這個人大概是個傻子。」過路人一邊走一邊自言自語地說。他走了幾分鐘以後，聽見伊索在後面叫他，他站住了。

伊索對他說：「你再走兩個小時，就能走到了。」

「您為甚麼不馬上告訴我呢？」過路人不滿地問。

「當初我不知道你走的是快還是慢，我怎麼回答你呢？」

【小提示】

「我怎麼回答你呢？」這句反問，點出「不經過觀察就不能得出結論」的道理，讓故事中一連串的疑問有了答案。

修辭多一點

反問

　　表面上在提問，實際上已把答案告訴了你！這種用疑問方式去表達確定意思的手法，稱為反問。

反問　＝　明知故問　答在問中

〔例〕

　　太陽會出西邊出來嗎？（誰都知道太陽從東邊升起，問知故問）

　　很多時候，反問雖用疑問句的形式提出來，但表達的卻是肯定或否定的意思。要有這種效果，我們最常使用這些提問詞：「怎能」、「怎麼」、「怎會」、「難道」、「哪裏」、「哪兒」、「誰」。

〔例〕

　　你呢，難道沒有錯嗎？（真正的意思是：我肯定你有錯！）

　　用反問，是為了加重語氣，表達出強烈的感情，令人印象更深刻。好的反問句，只問不答，答在問中，絕對可以起到發人深省的作用。有時候，我們也可以連續地反問，表達出更加激烈的情感，文章也有更感染力！

一語道破

1. √

問句帶有強調媽媽想念姐姐的意思，不用回答便知道答案。

2. X

問句問的是「你」是不是想馬上成功，問題中並沒有暗示答案。

3. √

用「我怎能不焦急」的問句，充分表現了緊張心急的情緒，不用回答便知道答案。

4. √

強調人人都能做到，肯定你也可以，所以不用回答便知道答案。

5. X

問句其實是想知道對方的想法，並無暗示問題的答案。

6. √

人們不會輕易忘記美麗的景色，用反問形式強調了「不能忘記」。

7. ✓

   人人都知道：說好了的事是不應該反悔的！通過反問，充分表達了說話人憤怒質問的語氣和情緒。

8. ✗

   說話人對一個人吃完很多菜提出疑問，實際上並無暗示答案，而並不是預先認為這個人一定吃不完這些菜。

9. ✗

   對「你」是否感到自己浪費了時間而提出疑問，並沒有暗示答案。

10. ✓

   不用回答，也知道說話的人肯定不同意。這反問句也表達了對這件事的不滿情緒，還帶上責備、質問的語氣。

11. ✗

   問話的人完全不知道答案，所以這個句子只是單純的疑問句。

12. ✓

   雖是疑問，其實強調太陽對世界的重要，也引導人們思考：如果沒有太陽，世界會怎樣？

過關斬將

請你分辨一下，哪些是 A 疑問句　B 設問句　C 反問句。

1. 不多讀書，怎會有豐富的知識？ ⌐⌐

2. 這位叔叔捨己為人的精神，難道不叫人

   感動嗎？ ⌐⌐

3. 你知道你在做甚麼嗎？這是犯罪啊！ ⌐⌐

4. 難道你還不知道市場關閉了的消息嗎？ ⌐⌐

5. 誰能說清這個問題的答案？當然是小王了！ ⌐⌐

6. 學生在學校不遵守校規，難道是對的嗎？ ⌐⌐

7. 是誰把教室弄得這樣亂？ ⌐⌐

8. 這個實驗非常有意思，我們怎會不樂在
其中呢？

9. 我能改變已經發生的事情嗎？不能。
我能改變他的性格嗎？也不能。

10. 這場雨會下到甚麼時候？雨會有多大？
只有老天才知道。

11. 誰不想過幸福快樂的生活呢？

12. 皇后自言自語地說：「誰是世界上最美的人？
是我，當然是我！」

偷來的財富

從前，有一個窮人向一個富翁請教：「請告訴我你賺錢的方法吧，我將一生都感激你。」

富翁隨隨便便就回答：「我的財富都是偷來的！」

窮人聽完，說聲「多謝」就轉頭跑了。幾天後，他開始去偷東西了。他偷去農夫辛苦種出來的東西，也偷走工匠辛苦造成的物品。

終於，他被抓住了，被判監禁三年，還要把一切偷回來的東西還給原來的主人。當他從監獄出來，甚麼都沒有了。他怒氣沖沖地去找富翁，罵道：「壞東西，我上了你的當！我學你去偷東西，結果還是一無所有了！」

富翁很驚訝：「我是偷大自然的東西，可不是別人的財產和成果啊！我種田耕地、鑿石伐木、打獵捕魚，這些不都是自然的東西嗎？人人都可以這樣去『偷』呀！至於人家辛苦得來的東西，只該人家去享用，怎能偷他們的呢？你是上了自己的當呀！」

窮人聽完了，啞口無言。

人在口中又怎樣？

有一天，一個小孩去見老師，剛好看到他在院子裏指揮工匠砍樹。

那是一棵青翠的松樹，給小院增添了許多生氣。小孩不明白：這麼好的一棵樹，冬天能擋風，夏天能遮蔭，為甚麼要砍倒呢？

老師說：「最近我看了一本書，書上說四方的院子像個『口』字，院子當中有棵樹，就像木在口中。你想想，木在口裏，不就成了『困』字了嗎？多麼不吉利啊！」

小孩覺得這話實在太沒道理了。他靈機一動，便說：「老師，按照那本書的說法，房子的牆四面圍起來，也像個『口』字！您想想，人在口裏，不就是『囚』字嗎？人住在院子裏，不就成了囚犯了嗎？天下的人都住在房子裏，不都成了囚犯了嗎？」

老師聽了，想了好一會兒，竟然沒辦法反駁他的話。終於，老師下令工匠不要再砍樹了。

一語道破

1. C

2. C

3. B

4. A

   這個問題有兩個可能的答案:「你不知道」和「你已經知道了」,並沒有確定的答案。句中的「難道」只表示說話人驚訝的態度,所以不是反問。

5. B

6. C

7. A

   說話人提出這個問題,代表他並不知道弄亂教室的人是哪一個,問題並沒有暗示答案

8. C

9. B

10. B

11. C

12. B

通關遊樂場

1. 下面幾個古代詩詞名句，都用了「設問」手法。
   考考你，你知道它們在問甚麼嗎？

A. 不知細葉誰裁出？二月春風似剪刀。

（賀知章《詠柳》）

問題：不知道這麼細的葉是 ＿＿＿＿＿＿＿＿＿＿＿ 呢？

答案：二月時候的春風，就像剪刀一樣。

B. 問君能有幾多愁？恰似一江春水向東流。

（李後主《虞美人》）

問題：你問我心中的 ＿＿＿＿＿＿＿＿＿＿＿ 有多少？

答案：就像這春天時候向東流逝的水一樣的多啊。

2. 下面幾個古代詩詞名句，都用了「反問」手法。
   考考你，你懂得其中「真意」嗎？

   (i)   天下聞名，無人不知

   (ii) 難得一聽的絕世佳作

   (iii) 愛情經得起時間考驗

   (iv) 兄弟不應相殘

A.　此情若是久長時，又豈在朝朝暮暮？

　　　　　　　　　　　　——秦觀《鵲橋仙》

B.　煮豆燃豆萁，豆在釜中泣。

　　　本是同根生，相煎何太急？

　　　　　　　　　　　　——曹植《七步詩》

C.　此曲只應天上有，人間能得幾回聞？

　　　　　　　　　　　　——杜甫《贈花卿》

D.　莫愁前路無知己，天下誰人不識君？

　　　　　　　　　　　　——高適《贈董大》

3. 設問的「自問自答」，跟歇後語的「比喻（謎面）
　 ＋解釋（謎底）」的表現方式有異曲同工之妙，
　 例如：大水沖了龍王廟──自家人不識自家人、
　 搬石頭打腦殼──自討苦吃。只不過，歇後語
　 的謎面不是問題，而是比喻。

下面是一些有趣的歇後語，你能猜到謎底嗎？

A. 白骨精遇上孫悟空	不聞不問
B. 老鼠過街	一鳴驚人
C. 趕鴨子上架	裏外不是人
D. 秀才遇到兵	壞蛋
E. 苦水泡黃連	有理講不清
F. 聾子見啞巴	離譜
G. 豬八戒照鏡	苦上加苦
H. 唱歌不看曲本	原形畢露
I. 二十一天不出雞	人人喊打
J. 半夜三更放大炮	吃力不討好

誇張、對偶

　　終於來到最後的四關，小宇將會面對誇張、對偶這兩種修辭手法。

　　你會不會同小宇一樣，覺得誇張很簡單：不就是把一顆小米粒說成是一座米山嘛！事實上，誇張是不是只有這種形式呢？

　　對偶，你認得這種修辭手法的特徵嗎？我們平常甚麼時候會碰到？怎樣才算用上了對偶，又可以在甚麼情況下使用？這些問題，小宇都希望能弄清楚。

　　你一定想自己的寫作能有趣而給人留下深刻印象，就趕快和小宇一起加油，闖過「誇張對偶關」吧！

過關斬將

以下哪些句子用了誇張手法呢？有的請加 √。

1. 從院子裏往上看去，只能看到巴掌大的
   一片天空。

2. 深夜，海面和天空已經融為了一體，
   分不清彼此。

3. 她瘦得只剩下骨頭了。

4. 地板光滑得能照出人影來。

5. 飛流直下三千尺，疑是銀河落九天。

6. 天氣悶熱得很，我剛洗完澡就又出了
   一身汗。

7. 危樓高百尺，手可摘星辰。不敢高聲語，
   恐驚天上人。

8. 這些葡萄味道鮮美，吃一顆就能甜上
   好幾天呢！

9. 老虎大吼一聲，震得整座山都搖動起來。

10. 換下來的髒衣服堆得像山一樣，小蘭也懶
    得去洗。

11. 她的心眼比針尖還小，為一點小事情就能
    生氣好幾天。

12. 這裏風沙大得讓人幾乎睜不開眼睛。

有志氣的寇準

宋朝有位出名的宰相叫寇準，他是皇帝非常信任的人，也為國家做了很多好的事情。

寇準在小時候就很有志氣，人也很聰明。他是陝西渭南縣人，中國有名的五嶽之一的華山，就在這個縣裏。寇準七歲時就寫了一首讚美華山的詩：

「只有天在上，更無山與齊。

舉頭紅日近，回首白雲低。」

意思是對於華山來說，只有天比它更高了，沒有其他任何一座山峰能與它看齊；當華山抬起頭，它就會很接近太陽，當華山回過頭，只看到白雲在它腳下漂浮。

他的老師看到這首詩時，十分讚賞，立刻對寇準的父親說：「只有有遠大志向的人，才能寫出這樣有氣勢的文字，把華山寫得這樣雄壯啊！你的孩子將來怎麼能不當宰相呢！」

果然，寇準長大後真的當上了宰相。

修辭多一點

誇張

　　我們生活中常聽到別人說：「有這麼誇張嗎？」於是大家就會牢牢記住別人描述的事物了。

　　事實上，在說話、寫作中應用「誇張」手法，最大的作用就是突出事物特徵，表達鮮明強烈感情，讓人留下深刻印象的作用。

　　運用這種修辭手法，關鍵在於：

　　抓住事物最突出的特徵，用明顯超過真實情況的語言去描述。

　　「誇張」手法有三種形式：

　　誇大：盡量把事物向快、高、大、強、好等方面擴大描述。

　　縮小：盡量把事物向慢、低、小、弱、差等方面收斂起來描述。

　　超前：把後面發生的事情提到前面來說。

　　有一點我們一定要記住，在科普文章、新聞報道、調查報告和通知、總結等文章中，可千萬不能隨便用「誇張」，更不能完全脫離事物特徵作誇張的修飾，否則就會引起別人誤解，更會令句子和文章變得不可信了！

一語道破

1. ✓

   從一個院子裏望天上望去，再小也不會只剩下一個巴掌大。這裏用了縮小的「誇張」手法，把院子的範圍形容得非常非常的小。

2. ✗

   在深夜在岸邊望過去，分不清哪裏是天空，哪裏是海面。句子如實地描述了夜晚海上的情況。

3. ✓

   人就算再瘦，也會有皮膚、脂肪等，不會只剩下骨頭。這是用了縮小的「誇張」手法。

4. ✗

   這句話如實的描述實際情況，因為鋪了地磚的地板打磨之後，的確是非常光滑，能夠照得出人影的！

5. ✓

   詩中把瀑布飛瀉下來的情形寫成是銀河從天上奔流下來，超過三千尺高，極度誇張。

6. ✗

   你一定碰到過悶熱的天氣，就算洗完澡，如果沒有冷氣的環境下，馬上就會再出一身汗了。句子描述的是真實的情況。

7. √

世上哪裏有一座高樓可以讓人站上去一伸手就能摘到星辰？大聲說話也能驚動到天上的神仙？這首古詩誇大了樓高的程度，讓人感到震撼。

8. √

吃一顆葡萄就能甜上三天，是用了超前的「誇張」手法，把葡萄鮮甜的味道帶給人愉快的感受寫得生動自然，令人對葡萄留下深刻的印象。

9. √

就算老虎吼叫的聲音再大，怎能令山也震動起來呢？句子誇大了吼聲，給人身臨其境的感受。

10. √

在家裏，再多的髒衣服也不會像山那樣高。句子是誇大了髒衣服的數量，告訴我們小蘭很懶呢！

11. √

人的心無論如何也不會比針尖小，句子用了「縮小」的誇張手法，來表現「她」小氣的性格特點。

12. X

如果你曾經去過風沙大的地方，你就會知道，當大風沙吹起，人的眼睛真的很難睜開！所以句子描述的是真實的情況。

過關斬將

甲．請你把這些句子遺失的部分找回來。

1. 高高的山峰 ☐

2. 我對家鄉的感情 ☐

3. 對於等待消息的人們來說，夜晚 ☐

4. 他的嘴巴很大，笑起來彷彿 ☐

A. 比海更深。

B. 能把整個鐵鍋都吞下去。

C. 漫長得像沒有盡頭一樣。

D. 直通到九霄雲外。

1. 黑龍江省的土地很肥沃。（筷子　發芽）

   ----

2. 課室裏十分安靜。（針　落地）

   ----

3. 他總是看不起別人。（眼睛　頭頂）

   ----

4. 他真想馬上就回到溫暖的家。（一步）

   ----

5. 我很緊張，心跳得厲害。（胸膛　衝出）

   ----

6. 他害羞地小聲說出自己的名字。（蚊子　聲音）

哪個更危險

中國古時有一位有名的將軍，叫做桓玄。有一天，他和朋友顧愷之、殷仲堪在一起喝酒聊天。其間，他們互相比拼誰的文采最好。最後，桓玄提議每人說出一句有關「危險」的詩句，誰說的最驚險，誰就算贏了。

桓玄首先說：「矛頭淅米劍頭炊。」在長矛上洗米，用劍尖支起鍋來做飯，很容易就傷到手或打破飯鍋，果然危險。

殷仲堪說：「這算甚麼！我的是『百歲老翁攀枯枝』。」百歲的老人爬上已經枯死了的樹枝上，隨時可能摔下來失去性命，情況自然更加危險了。

顧愷之最後說：「井上轆轤臥嬰兒。」天啊，小嬰兒睡在井上用來打水的工具上，一下子就會掉到井裏去，難道不是非常危急了嗎？！

三個人正在爭論誰贏了，殷仲堪的徒弟突然說：「那三種情形，怎麼比得上『盲人騎瞎馬，夜半臨深池』呢？」盲人和瞎馬都看不到路，還走到深深的水池邊上，夜晚無人能來救起他們，這的確是危險重重啊！

於是，大家都一致認為是殷仲堪的徒弟贏了。

蘇氏兄妹鬥「誇張」

傳說宋代大文豪蘇東坡有一個妹妹,叫蘇小妹,她很有才華,詩作得很好,但樣子不太好看。

蘇小妹對自己未來的丈夫要求很高,所以一直都還沒找到合適的人選。

有一天,蘇東坡閒來無事,就想勸小妹應該有自知之明,把要求降低一些,這樣才能早點找到丈夫。

由於蘇小妹的前額突出,蘇東坡就作了兩句詩,說:「蓮步未離東閣下,梅妝已到華堂前。」意思是說蘇小妹的腳步還在自己的房間外,額頭就已經到了待客大廳前。這是嘲笑自己的妹妹樣子不好看。

蘇小妹看出了哥哥的用意,就馬上反擊。因為蘇東坡的臉型較長,滿臉都是鬍子,所以蘇小妹吟了兩句詩:「去年一滴相思淚,今日方流到嘴邊。」這句詩把蘇東坡的臉誇得很長,鬍子誇得很密,使眼淚要一年才流到嘴邊。

蘇東坡讀完這首詩後哈哈大笑,連連稱讚妹妹的誇張手法用得好,自愧不如。

一語道破

甲．

1. D

   說山峰直達九霄雲外，馬上讓人有那種山頂高聳入雲，看不到盡頭的感覺，彷彿親眼看到這這座高高的山峰。

2. A

   海洋的深度很深，如果說人的感情比海更深，那就能把說話人強烈的感情充分表達出來了。

3. C

   這句話中誇張地描述人們覺得夜晚彷彿沒有盡頭，襯托出人們焦急的心情。

4. B

   嘴巴能放進一個鐵鍋，不禁就會想嘴巴這麼大，這個人的樣子可不會漂亮呀！

乙．

1. 黑龍江省的土地很肥沃，連筷子插進土裏都能發芽。

   筷子是從樹木中砍伐出來，不能再生長了。若連筷子插進土裏都能發芽，土地將是多麼的肥沃呀！

2. 課室裏安靜得連一根針掉到地上都能聽見。

   一根針掉到地上能有甚麼聲音呢？如果針掉到地上的聲音能被聽見，那四周一定非常非常安靜。

3. 他總是看不起別人，眼睛長在頭頂上了。

   人們常常用「眼睛長在頭頂上」這個說法來描述那些自以為了不起，不把別人放在眼裏的人。

4. 他真恨不得一步就回到溫暖的家。

   當人覺得焦急的時候，就會覺得時間特別長，路程特別遠。只走一步可不能回到家呀！

5. 我緊張極了，心跳得像要衝出胸膛一樣。

   人在緊張的時候往往能聽到自己的心跳，加上「衝出胸膛」後，把人極度緊張的情緒表現出來。

6. 他害羞地小聲說出自己的名字，蚊子的聲音都比他的大。

   人的聲音無法像蚊子的聲音那麼小。這句話把這個人害羞的很小的聲音形象地描繪出來了。

第17關

過關斬將

以下哪些句子是對偶的手法？請加 ✓。

1. 臨行密密縫，意恐遲遲歸。

2. 春色滿園關不住，一支紅杏出牆來。

3. 春回大地，鶯飛草長，到處是生機勃勃的景象。

4. 竹外桃花三兩枝，春江水暖鴨先知。

5. 人有悲歡離合，月有陰晴圓缺。

6. 大雪覆蓋了城市裏的座座高樓，染白了條條街道。

7. 風聲雨聲讀書聲，聲聲入耳；家事國事天下事，事事關心。

8. 學生們興高采烈，朝氣蓬勃，老師們都非常
   欣慰。

9. 媽媽對孩子的感情，就像流不完的水，
   扯不斷的線。

10. 在濃霧中，人們分不清天和地的界限，
    看不清行人和車輛的影子。

11. 這個小姑娘膽子小，見識不多，最怕見到
    陌生人。

12. 晚風送來花兒的陣陣清香，我的耳邊傳來
    聲聲叫喚。

解縉巧對大官

解縉在少年時，家裏很窮，但是他讀書很用功，在考試中取得好成績，還當上了大官。

不過，解縉儘管很有學問，一些官員仍然看不起他。一次，有個大官故意拿他取樂。當着很多人的面，那大官對解縉說：「聽說你很會對對聯，我出一句給你對吧。」隨後，他大聲唸出來：

二猿斷木深山中，小猴子也敢對鋸（句）

這個上聯把解縉比作猴子，結尾用「鋸」字，跟「句」的音相同，顯然嘲笑他不會對對聯。大官唸完，得意地笑起來。

解縉看到上聯，只是稍稍想了一下，就把下聯唸出來：

一馬陷足污泥內，老畜生怎能出蹄（題）

原來這個下聯也把這個大官比作老畜生，「蹄」字，跟「題」的音相同，也笑他不會出題目。

滿座的人聽到這個下聯，都紛紛大笑讚好。高官羞惱得滿臉通紅，卻沒辦法反駁。

【小提示】

這個下聯對得工整極了：「二」對「一」，數詞對數詞；「馬」對「猿」，「足」對「木」，都是名詞對名詞；「陷」對「斷」，動詞對動詞；「污泥內」對「深山中」，都是在說方位；「老」對「小」，形容詞對形容詞。

修辭多一點

對偶

在我們常見的春聯，或者古詩中，經常能碰到「對偶」。

「對偶」，就是兩個字數相同、詞性相當、結構相同或相近的詞組或句子，對稱地排列在一起。它們表達的意思可以是相關的，也可以是相反的。這樣的句子，一看到就很容易記住了！

很多人說，「對偶」與「排比」很像，因為兩者都是詞組或句子結構相近，詞性相同。要分辨它們，就要記住：

「排比」需要三個或以上的句子或詞組排起來，對字數沒有嚴格的要求。

「對偶」一般是兩個句子或詞組排起來，要求字數也大致相等。

如果你想把句子說得很有氣勢，能馬上令別人贊同句子的意思，就可以用「排比」手法；如果你想令句子容易被記住，用「對偶」則會更好。

「對偶」有以下三種形式〔上句為 A，下句為 B〕，可以配合我們說話、寫文章時不同的表達需要：

「正對」─A 與 B 內容相近，互相補充；

「反對」─A 與 B 內容相反，形成對照；

「串對」─A 與 B 內容互相連接，不可分割。

一語道破

1. ✓

「臨行」對「意恐」，「密密縫」對「遲遲歸」，結構和詞語安排都非常相近，表現出母親對孩子即將遠行的關懷和擔心，以及對孩子早日歸來的希望。

2. ✗

兩句句子的結構和詞語安排都不一樣。

3. ✗

這句話中，「春回大地」是「名詞—動詞—名詞」，「鶯飛草長」是「名詞—動詞—名詞—動詞」，不是「對偶」。

4. ✗

兩句詩的結構不相同，「竹外桃花三兩枝」說的是桃花這種事物，「春江水暖鴨先知」則敘述了一件事情。

5. ✓

兩句詩兩兩相對，「人」對「月」，「悲歡離合」對「陰晴圓缺」，不論結構還是用詞，都非常工整。

6. ✓

這句話看上去似乎不整齊，但實際上「覆蓋了城市裏的座座高樓，染白了條條街道」，就是用了對偶的手法，上下兩句基本上是對得很工整的。

7. √

這副著名的對聯，告訴學生應該以為國家效力作目標，好好讀書。對聯的上下兩句對得非常整齊。

8. ✗

「興高采烈」和「朝氣蓬勃」並不是相同的結構，不是對偶。

9. √

「流不完的水」和「扯不斷的線」，結構和字數一樣，內容也相近。

10. √

雖然兩個分句之間的字數並無嚴格地對應，但結構上是一致的，內容也相近，所以是用了對偶的手法。

11. ✗

「膽子小」、「見識不多」這兩個詞組結構並不同，不是對偶。

12. ✗

雖然兩句中有「陣陣」、「聲聲」這兩個疊詞出現，但因為句子中其他內容的結構不一致，所以不是對偶。

過關斬將

甲. 你能組出合適的對偶句嗎？把它們連起來！

1. 七八個星天外

A. 對敵人，
你比寒冰更冷酷

2. 神不知

B. 當局者迷

3. 長他人志氣

C. 一年之計在於春

4. 呼之即來

D. 鬼不覺

5. 少壯不努力

E. 兩三點雨山前

6. 對朋友，
你比太陽更溫暖

F. 滅自己威風

7. 一日之計在於晨

G. 老大徒傷悲

8. 旁觀者清

H. 揮之即去

六將　靈活　五關　上茶　碧藍色　海
不足　磨　月　山　請坐　勤為徑
鋒利　有餘　銀白色　用　苦作舟　沙

1. 大漠 ⬚ 如雪，

   燕山 ⬚ 似鈎。

2. 過 ⬚⬚⬚ ，斬 ⬚⬚⬚ 。

3. 成事 ⬚⬚⬚ ，

   敗事 ⬚⬚⬚ 。

4. 白日依 ⬚ 盡，

   黃河入 ⬚ 流。

117

5. 刀子越 ⬚ 越 ⬚⬚ ，

　　腦子越 ⬚ 越 ⬚⬚ 。

6. 茶，⬚⬚⬚，上好茶；

　　坐，⬚⬚⬚，請上坐。

7. ⬚⬚⬚⬚ 的沙灘在向我招手，

　　⬚⬚⬚⬚ 的海水在朝我呼喊。

8. 書山有路 ⬚⬚⬚ ，

　　學海無涯 ⬚⬚⬚ 。

弟弟賀壽

今天是爺爺的生日，大家都來給爺爺賀壽。

媽媽提前幾天教了弟弟幾句祝賀的話，讓弟弟在生日宴上給爺爺敬酒時說。

吃過幾道菜，媽媽就拉着弟弟的手，讓他向爺爺舉杯。弟弟大聲說：「爺爺，我祝你福如東海長流水⋯⋯」

糟糕，這個關鍵時候弟弟竟然想不起來下一句了。他憋紅了臉，着急起來，就冒出一句：「恭喜發財！」

大家都忍不住笑了。於是，媽媽提醒弟弟說：「這可是對偶句呀，下一句跟前一句裏的字詞都是對應的。比如說福對壽，東海對南山⋯⋯」

聽到這裏，弟弟就想起來了，高興地說：「想起來啦！我還要祝爺爺壽比南山不老松！」

這下，全家人都拍起手來，爺爺更是開心地說：「謝謝我的好孫兒！」

只許州官放火，
不許百姓點燈

從前，有一個叫田登的人當了官。他非常得意，自以為當了官就很了不起，架子很大。

他規定，所有城裏的人見到他只能稱他做「大人」、「老爺」，不能直接喊他的名字。任何人違反這個規定，就會受到很重的責罰。

農曆正月十五是元宵節，這天要放花燈，所有人都會進城觀賞，非常熱鬧。這一年，田登下面的一個官員正要安排放花燈的事。他寫完告示後，發覺「燈」與田登的「登」同音，想了很久，最後在告示上寫着：「本城按照歷年規定，放火三天。」

告示貼出後，一些外地來的客人，以為真的要在城裏放三天火，所以紛紛收拾行李，趕緊離開這可怕的地方。

平日很多人都對田登這個官員非常不滿，看了這張告示，更是氣憤，有人就嘲諷地說：「這真是只許州官放火，不許百姓點燈啊！」

一語道破

甲.

1. E **七八個星天外，兩三點雨山前**
把數字巧妙地與大自然的景色融合在一起，既能讓人聯想到美麗的景色，又能增添生動的趣味。

2. D **神不知，鬼不覺**
「神」、「鬼」相對，把「不知不覺」這個詞語拆開放在上下句中，顯得非常工整，把「連神鬼都不察覺，更無人會知曉」的意思也表達得更清楚。

3. F **長他人志氣，滅自己威風**
把某種行為對他人和對自己的影響作出強烈的對比。這句話往往用於勸說別人不要做某件事。

4. H **呼之即來，揮之即去**
用對偶的形式表現出一個人對另一個人的絕對服從。

5. G **少壯不努力，老大徒傷悲**
少年時不努力學習或工作，到年老時生活不如意就只剩下後悔傷悲了。上句是原因，下句是結果，兩句之間緊緊連接，不可分割。

6. A **對朋友，你比太陽更溫暖；對敵人，你比寒冰更冷酷**
「朋友」和「敵人」、「太陽」和「寒冰」、「溫暖」和「冷酷」全是相反的內容，強調了對朋友和敵人是兩種截然相反的態度。

7. **C 一日之計在於晨，一年之計在於春**

   將「日」與「年」、「晨」與「春」這些正面而相近的內容放在一起，說明了早晨對於一天的重要性，就同春天對於一年的重要性一樣。

8. **B 旁觀者清，當局者迷**

   這是用了「旁觀者」和「當局者」、「迷」和「清」這兩對相反的內容，說明在面對同一件事時，不同的人有不同的做法。

乙.

1. **大漠沙如雪，燕山月似鈎。**

   「大漠」和「燕山」都是一個地方。「沙」對「月」，「如」對「似」，「雪」對「鈎」，這兩個句子用詞的詞性一樣，字數一樣，結構也相同，是非常工整的對偶句。

2. **過五關，斬六將。**

   「過」和「斬」是動作，跟在後面的是「五關」和「六將」，它們分別說明了關口數量和兵將數量。這個對偶句用很簡單的語言就把戰爭的發展情況描述出來。

3. **成事不足，敗事有餘**

   「成」對「敗」、「不足」對「有餘」，用來描寫人的辦事能力低下。

4. 白日依山盡，黃河入海流。

這兩句古詩中，「白日」對「黃河」，「依」對「入」，「山」對「海」，「盡」對「流」。就是用同樣的結構和字數，相近詞性的對偶，把傍晚黃河的景象描繪出來。

5. 刀子越磨越鋒利，腦子越用越靈活。

這句話想用「刀子越磨越鋒利」這個例子，以嚴格的對偶方式來說明了「腦子」要不斷用才能越來越靈活的道理，更容易使人信服。

6. 茶，上茶，上好茶；坐，請坐，請上坐。

這是一副著名的對聯。上聯說明了和尚幾次奉茶的區別，下聯則說明了和尚幾次請客人坐的說法也有區別。

7. 銀白色的沙灘在向我招手，碧藍色的海水在朝我呼喊。

「沙灘」對「海水」，「招手」對「呼喊」，生動地充分表現出「我」渴望到大海邊的感情。

8. 書山有路勤為徑，學海無涯苦作舟。

這是勸人勤奮學習的著名格言。「書山」對「學海」，「有路」對「無涯」，「勤」對「苦」，「徑」對「舟」，每個用詞都對得非常工整，容易令人記住。

通關遊樂場

1. 下面這副對聯，在不同位置加標點後，就會變成完全相反的兩個意思，來試試吧！

明日逢春好不晦氣

終年倒運少有餘財

吉慶： 明　日　逢　春　好　不　晦　氣

　　　終　年　倒　運　少　有　餘　財

詛咒： 明　日　逢　春　好　不　晦　氣

　　　終　年　倒　運　少　有　餘　財

2. 數一數，下面這首古詩中，一共有多少處用了
   「對偶」的手法？

絕句

杜甫

兩個黃鸝鳴翠柳，一行白鷺上青天。

窗含西嶺千秋雪，門泊東吳萬里船。

共 ⬚ 處。

3. 不少成語都會用上「誇張」的手法，你能根據意思
   猜出下面的成語嗎？成語的第一個字已經出現了！

A.　形容很強大，可以戰勝一切，

　　打贏所有的仗。　⤋ 攻 ▢ ▢ ▢ ，

　　　　　　　　　　　　　▢ ▢ ▢ 勝

B.　形容權力很大，很輕易就能遮蓋事實的真相。

　　　　　　　　　　⤋ 隻 ▢ ▢ ▢

C.　形容很難找到一樣東西。

　　　　　　　　　　⤋ 大 ▢ ▢ ▢

D.　形容膽量極大。　⤋ 膽 ▢ ▢ ▢

E.　形容走路非常困難，也比喻處境艱難。

　　　　　　　　　　⤋ 寸 ▢ ▢ ▢

F.　形容嘴饞到極點，也形容羨慕到極點，

　　很想佔為己有。⤋　　垂 ▢ ▢ ▢

比喻、擬人

1. 太陽可以表示：熱情、永恆、希望、光明、溫暖、高尚、美好、
生機、力量、自由、幸福等

2. A. 母老虎　B. 落水狗　C. 寄生蟲　D. 落湯雞　E. 炸子雞

3. 各種花語如下：

太陽花	我愛你
蝴蝶蘭	初戀、純潔美麗
紅玫瑰	堅強
百合花	魅惑、愛之寓言
毋忘我	金玉富貴
康乃馨	永恆的愛
鬱金香	神秘
劍蘭	健康長壽
牡丹	吉祥
桔	哀悼
白菊	母愛
月桂	光榮
萬年青	純潔、高尚

4. ① 筷子　② 風扇　③ 桌子　④ 火車　⑤ 西瓜　⑥大象

5. 比喻：虎背熊腰　如狼似虎　狼吞虎嚥　龍飛鳳舞　揮金如土

　　擬人：閉月羞花　怒髮衝冠　不脛而走　百花爭艷　兔死狐悲

　　　　　豬朋狗友　花枝招展

6. 1. C　2. A　3. B　4. D

排比、反復

1. 採蓮人在綠楊津，

　　在綠楊津一闋新，

　　一闋新歌聲嗽玉，

　　歌聲嗽玉採蓮人。

2. A. AABB 型

　　風風火火、口口聲聲、模模糊糊、浩浩蕩蕩、婆婆媽媽、

　　家家戶戶、三三兩兩、原原本本

　　B. AAxx 型

　　比比皆是、鼎鼎大名、泛泛之交、高高在上、格格不入、

　　津津有味、斤斤計較

　　C. AxAx 型`

　　不古不今、不疾不徐、不偏不倚、不三不四、不聞不問、

　　不明不白、不倫不類

　　無拘無束、無法無天、無聲無息、無情無義、無窮無盡、

　　無依無靠、無影無蹤

　　一生一世、一手一足、一絲一毫、一心一意、一言一行、

　　一朝一夕、一針一線

3. 孩子們：C　D　A

　　太陽下山：E　B

　　書：K　J　F

　　青翠的山林：I　H　G

設問、反問

1. A. 不知道這麼細的葉是甚麼人裁剪出來呢？

　　B. 你問我心中的愁恨有多少？

2. A. (iii) 愛情經得起時間考驗

　　B. (iv) 兄弟不應相殘

　　C. (ii) 難得一聽的絕世佳作

　　D. (i) 天下聞名，無人不知

3. A. 白骨精遇上孫悟空──原形畢露

　　B. 老鼠過街──人人喊打

　　C. 趕鴨子上架──吃力不討好

　　D. 秀才遇到兵──有理講不清

　　E. 苦水裏泡黃連──苦上加苦

　　F. 聾子見啞巴──不聞不問

　　G. 豬八戒照鏡子──裏外不是人

　　H. 唱歌不看曲本──離譜

　　I. 二十一天不出雞──壞蛋

　　J. 半夜三更放大炮──一鳴驚人

1. 吉慶：明日逢春好，不晦氣；終年倒運少，有餘財。

   詛咒：明日逢春，好不晦氣；終年倒運，少有餘財。

2. 共 9 處

3. A. 攻無不克，戰無不勝

   B. 隻手遮天

   C. 大海撈針

   D. 膽大包天

   E. 寸步難行

   F. 垂涎三尺

商務印書館(香港)有限公司
THE COMMERCIAL PRESS (H.K.) LTD.

階梯閱讀空間

階梯式分級照顧閱讀差異

◆ 平台文章總數超過3,500多篇,提倡廣泛閱讀。

◆ 按照學生的語文能力,分成十三個閱讀級別,提供符合學生程度的閱讀內容。

◆ 平台設有升降制度,學生按閱讀成績及進度,而自動調整級別。

結合閱讀與聆聽

◆ 每篇文章均設有普通話朗讀功能,另設獨立聆聽練習,訓練學生聆聽能力。

◆ 設有多種輔助功能,包括《商務新詞典》字詞釋義,方便學生學習。

鼓勵學習・突出成就

◆ 設置獎章及成就值獎勵,增加學生成就感,鼓勵學生活躍地使用閱讀平台,培養閱讀習慣,提升學習興趣。

如要試用,可進入:http://cread.cp-edu.com/freetrial/

查詢電話:2976-6628

查詢電郵:marketing@commercialpress.com.hk

「階梯閱讀空間」個人版於商務印書館各大門市有售

榮獲「最佳數碼共融獎」
HONG KONG
ICT AWARDS
2011 香港資訊及
通訊科技獎